ツダヌマサクリファイ

〈ツダヌマサクリファイ〉

登場人物が舞うステージとなる地名と、犠牲を意味する単語を混成した造語。

語源となるsacrificeのラテン語は、sacer（神聖な）とfacere（作る）の連結形により、一三世紀頃、規定された（『リーダーズ英和辞典』参照）。

一

　彼はベッドに腰掛けたまま今日いちにちの出来事を思い返した。壁掛け時計の運針が正確であると仮定するなら、現在時刻は午後一時三三分。一階の居間に降りてくだらないドラマの再放送を観るには気力が足りない。エレキ・ギターは三日前に気ばらしに破壊してまっぷたつに折れたまま愉快なオブジェとして放置されている。明け方まで地元の友達とコンビニエンス・ストアでだべって、日が昇るころ帰宅してネットゲームをやって寝落ちして……。大関に張り手を打たれまくったみたいに軋む頭の中から記憶の断片をかき集めて再構築した。ようやく彼はアミューズメントサイトでの出来事を思い出す。バイクの窃盗のかどで学校から謹慎処分が下り、まっぴるまからせいせいした気分でゲームセンターに向かいクソゲーの続きをやっていたが、後ろのパンチングマシンの筐体《きょうたい》で順番を取り合い揉めている二人を仲裁しようと中に入る。そこでボテボテの右ストレートを喰らい反射的にみぞおちへカウンターフックをお見舞いしてもだえ苦しむ相手を置き去り速攻で逃走したのである。厄介ごとになっていなければいいのだけどな。家に戻り先ほどの喧嘩で負傷した右腕を一人で応急処置した。ゲームをやるにしても包帯でコントローラが握れない。クラスの連中は今頃五限目で眠たい微積の授業だ。一人自室にこもり消耗した意識を持て余す。生活指導の担当教師の言葉が胸の辺りから浮上してきた。お前がどうなろうと知った事じゃないが、最低限社会に迷惑掛けないようにしろ。お前には何も期待しない。精々、陽の当たらない道を細々と生きて行け

何度も問われた自我は自分を裏切った人々とそのたびに傷つけられた痛みでイバラのように締め付けられる。心が今にも崩れ落ちそうに感じ、やおら鏡に映っている自分の胸を包帯の巻かれた右腕で殴りつけた。一度では足り

ない、二度、三度。何度も叩き付けていると包帯に血が滲んだ。鏡に入ったヒビが手の甲に突き刺さる。痛覚は壊れかけのハートに巣食ったしこりの辺りまで浸透する。イケニエとなる前にここから逃げ出せ

二

　本日は快晴。球場の気温は二二度を上回る予想だ。アイスは一人六〇個をノルマとする。売り切るまで帰ってこなくていいぞ。マネージャーの喝が事務所に響く。少女がドアを勢いよく開けて入ってきた。遅れました。学校の補習が長引いて、すみません。また君か。早く着替えて、営業に出なさい。それから、遅刻したのでノルマは八〇個な。ふぇえ。野球が好きでスタジアムの売り子のバイトを始めて、今日で一週間になる。高校とバイトの両立で親とずいぶんやりあったので、今更泣き言は言えない。初めて売り子に出たのはオープン戦初日で、今日で二回目だ。この日もやはり真昼の試合なのでドリンクチームもアイスチームも鼻息が荒い。同じグループでも売り子に依って売り上げに差があるが、売り上げの差がそのままルックスの差なのだとばかりに、競争はヒートアップする。少女は比較的マイペースでこなしているが、スタンドでの男たちからの性的な視線がどうにも苦手で気が重い。そして今日も試合が始まる。三塁側外野スタンドの狭い通路にて、重いバッグを担ぎながら営業コールを繰り返す。気温はぐんぐん上がり、日差しも三月下旬にして強く、歯を食いしばって営業するが、売り上げは芳しくない。観客の男たちから面白半分でからかわれる。かわいいなあ。いいお尻だね。僕と付き合ってみない

そのとき、その出来事は起こった。三回ウラ、投手の内角ストレートを四番打者がぶっ叩き、華麗なアーチを造りながら少女の居る外野席方面へボールを持って行った。少女は天頂からみるみる近づいてくるボールを見上げ、その球体は吸い込まれるように少女へ向かって落下した。少女は思わずボールを獲る構えをし、ボールは素直に両手へ収まった

球場が、一瞬静まり返った。少女は何が起こったのかと周囲を見渡し、するとオーロラビジョンにボールを握った自分の姿がスッパ抜かれているのに気づいた。少女を尊敬のまなざしで見つめる目の前の男児にホームランボールを託し、無我夢中でアイスのバッグを掲げて、営業コールした。みなさーん、観戦のおともにアイスクリームはいかがですかー　溶けてなくならないうち、お早めにどうぞー。声こそ拾われなかったが、映像に向かって必死に売り込みをする彼女の姿に、球場はどっと沸く。彼女は突然のハプニングを照れ笑いでやり過ごした。外野席の観客が次々と手を挙げアイスを注文する。ナイスキャッチよ、ふたつ頂ける。今日の打線頼もしいね、三つちょうだいな。四番はごっついな、お嬢ちゃん、わしにもひとつ。はい、ただ今うかがいます、少々お待ちください。はい、ただいま。はい、はい。アイスを一杯に詰めたバッグを背負い、外野スタンドの急勾配な階段を駆け上がる。グラウンドでは走者が土まみれで塁を廻っていた。すがすがしい日差しの中、もうすぐペナントレースが始まる

二

高校受験を間近に控え、冬休みというものの年末年始というのんびりした雰囲気は味わえなかった。おとなになるってこういうことなのかな。彼女はひとりごちた。そんな状況とはうらはらに、こたつでぼーっとTVを観ていたが、そろそろ進学塾に向かう時間である。いつも通り幼なじみのKという男子生徒と待ち合わせして、自転車で駅北口の教室に向かった

Kとは家が近く学校も同じだが、クラスは異なり思春期特有の葛藤からかお互い距離を置いていた。しかし彼女の母親が帰り道に物騒だからという理由で、Kと一緒に通うよう母親同士で取り決めをしていた。基本的に他人という感覚が希薄な彼女は、ま、いっかという感じでそれに従った。Kは最初

はめんどくさそうにあしらっていたが、彼女自身が同意したと聞くと諦めたようにしぶしぶ承諾した。待ち合わせのコンビニ前で、オッス、ああ。と挨拶すると、無言でふたり自転車を走らせた

英語と数学のコマの合間、彼女がめずらしくKの席に来た。普段は離れてそれぞれグループを作って講義を聴いているふたりである。さっきの授業のさ、過去完了の活用で聞き逃したところがあるんだけど。お前な、そんなことかよ。辞書で調べるとか自力でやれば……。ふたりの横を他校から来てる女生徒が通りかかる。仲良しだね。一緒に通ってるらしいじゃん。ハア、そんなんじゃねーし、マジで。そうKが言うと少女はとっさにその場を離れ、自分の席に戻った。顔を耳たぶまで真っ赤にして、心の整理に努めた。少女の頭の中で先ほどのKの科白がリピートされる。そんなんじゃねーし。そんなんじゃねーし。じゃあどんなんなのよ

午後九時、授業が終わり、生徒たちははけた。少女は打ちひしがれた様子で、うつむいたまま教室を後にする。自転車置き場で少年が待っていた。どうしてよ。待ってなくていいのに。おばさんと約束したろ。ちゃんと送るって。子供扱いなんてご免よ、ママからもアンタからも。みんな心配なんだよ。幼稚園のとき、クラス替えで俺が一緒に居てやれなくなって、お前がひとりぼっちになっちゃったときから――――んんっ　少女が少年の首に腕を廻して唇を重ねた。少年は口を塞がれながら混乱して彼女の肩に手を置くのがやっとだった。やがてほどかれてお互い見つめ合ったが、少年は目を逸らして彼女を諫めた。やめようぜ。K、わたしあなたのことが、その……。俺は、お前を……。Kは黙りこくるしかなかった。どのような言葉で今の気持ちを表現したものか分からなかった。少女はその場から逃げ出すように駆け出した。待てよ、自転車。唇にはぬくもりと、とても甘美とは言いがたい違和感がないまぜになって脳内を刺激する。ここがどこだか、自分が誰なのか、何がなんだかふたりとも分からなくなっていた

四

その女生徒は駅北口で通り過ぎてゆく制服姿の男子高生を目で追っていた。時刻は午後五時。学生の帰宅ピークは既に過ぎている。早く見つけなきゃ帰宅会社員の大群で見分けが付かなくなっちゃう。今日はダメかな。なあ、もう諦めようぜ。義理で連れてこられた同級生がぐちを言う。ふたり居れば二倍探せるでしょ。そうは言っても俺はそいつの顔知らないし、そもそも居残りしてたら目つけられて付き合ってるだけだし。第一なんでナンパしてきた男探すのに付き合ってやらなきゃいけねーの。早く家帰ってスマホゲーやりたいんだけど。バカ、ナンパじゃないっつーの。なんでだよ、そいつに一目惚れしたからこうして捜索してるんだろ。違う。いいから探す。特徴は一七五センチくらい、短く刈りげた髪に端正な顔、ガッシリした肩、ここらじゃちょっと見かけない制服……幕張の方の新設校なのかな。誰ともつるまないで、カノジョは居ない雰囲気。そして、ひとつだけ、私だけが知ってる事が……。ほら、やっぱり色恋沙汰だ。もう帰りてえ。違うと言っているでしょ。ま、ひとりじゃ危ないし、仕方ないな。うん、済まないわね。しっかり者と思ってたが、お前の将来が心配になるよ。あまつさえ他校の生徒に目をつけるなんて。だから違うと……あ、見つけたッ。ちょっと、そこのキミ。待ちなさい。何、ああ、君か。声を掛けられた彼はカバンから筒状のケースを取り出しメモと一緒に少女に手渡した。これが例の聖火。次の受け渡し場所はここ。それじゃ、確かに渡したから、これで。そう言うと彼は足早に立ち去った。なあ、なんだそれ。聖火よ。西暦二一〇〇年に月面上でオリンピックが開かれるって。その聖火リレーは既に始まっていて、全人類で聖火を回しているの。今朝説明のメモだけ手渡されたのだけど、彼は聖火を家に忘れて取りに帰ってたそうよ。次の走者は……市川の子だわ。じゃ、わたし急ぐから、これ渡さなきゃ。さよなら。おい、これから市川まで行くのか。そうよ。日本国内で助かったわ。少女は駅に向かい改札の中に消えていった。残された男子生徒の前をサラリーマンの群れが横切る。翳り掛けた空にはよく冷えたアイスのような月が浮かんでいた

五

　駅付近の音楽スタジオ。一〇平米ほどの狭い部屋で四人組のバンド仲間が演奏を試みている。男子二人、女子二人の組み合わせ、バラバラの高校に通っているが中学時代のつてでメンバーを組んだ。ドラムの女子がベースギターの男子に注文を付ける。テンポ遅れてるよ、鼓動より早目で弾いてよね、ハイハット蹴るときリズム合ってないとダサいじゃん。一方キーボードの男子はドラムに指示する。キックが良い加減過ぎるんよ、一六ビートで平均に聴こえないとさ、グルーヴがどうにも……メロだって弾きづらいし。リードギターとヴォーカルを両方担当する少女は、何も言わず突っ立ってフローリングの床板を見つめている。疲労と緊張でほとんどいっぱいいっぱいになっており、誰にも何の要望もせず、むしろ自分にクレームが飛んだらどうしよう、とおびえていた。練習のプログラムは彼女が提示するきまりだったため、ドラムが少女に練習曲を尋ねた。次なに演《や》るの。つ、次は……いつもラストにやるやつ……。ええー、まあ、もう疲れてきたからそれでいいや、行くよー、スリー、トゥー……

もはや四人のテンションは持続不可能となり、すでに演奏はてんでバラバラだった。悔しさでしばしの沈黙ののち、ドラムが口火を切る。九月のステージ取りやめる、もう無理だよ、私たちでは。ベースギターは即答した。俺サンセー、なんかもういいや。キーボードは投げ出そうとする二人を呆れ顔で見る。あっけないんだな、まあ、俺もいいけど、ヴォーカルちゃんもお疲れサマ。私は……。少女は抱えた感情を抑えきれず爆発してしまう。私は、この四人でやって行きたいよ、最初は音符も読めないのにギター抱えさせられて、カラオケなんか知らないのにヴォーカルやらされて、何がなんだか分からなかったけど、ロックに、洋楽、メタルまで全部聴いたことなかったのに覚えて、ギターも歌も下手クソなのに、弾いたり歌ったりするのがいつの間にか楽しくなって、それで……、だから、最後まで、一緒に……。そしてしゃくりあげる少女。三人は驚いたように顔を見合わせ、なんとはなしに微笑んだ。ドラムガールが少女の頭をさすってなだめる。バカだね、あんたは下手クソなんかじゃない、私たちの最高のシューゲイザーだよ

六

　これより生徒会本年度第五二案件の審議に入る。書記の男子生徒が神妙に宣言した。ことの起こりは六月に行われたクラス対抗野球大会。全学年のクラスがトーナメント制で試合を行い、勝ち抜いたクラスに生徒会杯が授与されたが、大会後に、その決勝戦についてある案件が持ち上がった。野球部が遠征のため備品のボールを持ち出しており、決勝戦の試合で公式球が底をついた。そこで、対決していた一方の二年生クラスの女生徒が、機転を利かせて自宅から持ってきたボールを試合に持ち込んだ。だが、そのボールは公式球より弾力性の強い遊技用の軽量球だった。そうとは知らず試合は進められ、結果相手方の三年生クラスのサヨナラホームランで勝敗は決す。くだんの生徒の申し出で事後にその事実が発覚し、いきさつを知った優勝クラスがカップ返上を申し出る。しかし二年クラスは自分方のクラスメートの失態が招いた事態であるとして繰り上げ優勝を辞退。そして裁量は生徒会に引き上げられた――

先輩の顔を立てて、ここは、真のチャンピオンは二年クラスでしたで良いじゃないですか。オリンピックでも似たような話はありますよね。いやいや、結果は結果です。スコアボードに書かれた事実がすべてですよ。そもそも、ボールの質ひとつで勝者が変わるなんて、プロスポーツの世界とは違うんですから。審議員の生徒はめいめい言いたいことを述べる。立ち会いの生徒会顧問が声を絞り出す。こんな失態は、本高校一三〇年で初めてのことだ。歴代の諸先輩方になんと申し開きをすればよいのか……。うろたえないでください、先生。副会長の女生徒がなだめる。本件は生徒会長の一任となっております。判断は、生徒会長の方から。生徒会長もやはり女生徒であった。何も言わず腕を組んで彼らの話に耳を傾けていたが、裁量は決したようである。

ホームランボールは誰が持っている。いえ、ボールは敷地の外に飛んでゆきました。では、なぜそのボールが軽量球であると。はい、軽量球は縫い目に緑の糸が使用されております。投手も打者も、ボールは緑のものであったと証言しております。公式球は、赤色ですので。分かった。それでは、緑色で軽いカップと、赤色で重量を重くしたカップを用意し、それぞれ三年クラスと二年クラスに、授与せよ。本物の生徒会杯は、一時的に私が預かる。そして、全校生徒の手で、校舎の周りをきれいに掃除し、ホームランボールを発見したクラスに、生徒会杯を授与する。双方ともスポーツマンシップを重んじる誠実なティームだ。我が校から次世代のメジャーリーガーが誕生するのも夢ではない。この裁きを以て、三方イチロー損と呼ぶ。以上。これにて閉会

七

小学五年生の姉と、二つ下の弟の二人姉弟。祖母に小遣いを貰って、近所のおもちゃ屋さんで欲しいものを探し回っていた。めいめい予算は三千円。姉はぬいぐるみやジグソーパズルを見て回る。弟はプラモデルやミニ四駆と呼ばれるミニカーにくびったけだ。予算内でもっともよいものを見つけようと二人ともそわそわしながらの買い物だったが、姉は弟のお目付役でもある。弟が目の届く範囲内に居るかどうか気にしながらで、どちらかというとおもちゃにはさほど興味も無かった。そこへ弟の友達が数人でやってきた。弟はかくかくしかじかと彼らに説明し、新型ロボットのプラモデルを購入すると自慢した。恩恵に与れるでもない友人たちは面白くない。へん、なんだいそんなの、俺たちは仲間でお金を出し合ってゲームソフトを買うんだぜ。友人のひとりは突っ張って見せた。おい、そんな話聞いてないぞ。裏でヒソヒソ耳打ちである。まあ、俺に調子を合わせておけよ。そうだよ、買ってもお前なんか入れてやらないからな。プラモ欲しいのだろ、買えばいいじゃん。誰も遊んでやんないけどな。そんなのいやだよ。僕も新ソフトで遊びたい。オッス、どした。姉が弟たちに寄って来た。友人の内の一人が、こいつがプラモと新ソフト両方欲しいけど俺たちにはソフト貸してくれないって言ってる、と主張した。コラコラ、ひとり占めはよくないよ。お姉ちゃん、違うよちがう。分かったよ。姉は自分の三千円を弟に渡し、自分の分と合算してプラモとソフトを買ってよいと託した。かくして彼は両方を手に入れ、友人たちはゲームを彼に借りて逃げるように去った。後で僕も仲間に入れてね。翌日の学校、友人の一人がソフトを彼に返却した。俺あのあと母ちゃんに同じの買ってもらったから、もう要らない。これ返すから一緒に遊ぶ話は無しな。弟は愕然とした。元々ソフトに興味もない彼は、部屋に放り投げて独りふてくされた。何日か経って、姉がソフトで一緒に遊ぼうと弟を誘ったが、弟はいや

だと言ったきりである。姉は苦笑いするしかなかった

——それから六年が経過した。姉弟の家で家屋の改装が行われることになり、各部屋を一斉に片付ける。姉は用事があるからと自室を弟に頼んでいた。彼氏とデートかな。姉の部屋の本棚を持ち上げると、不意に棚上に置いてあった物が落下して来た。いっけね。その中に、見覚えのある彩りと遠い記憶を思い出させる物を発見した。姉と一緒に買ったソフトである。あっ、懐かしい……うわー。あの頃の記憶が蘇る。取り上げをした学友達も引っ越しや進学で皆散り散りになった。今はただ懐かしさしかない。でも、なんでいまだに姉貴はこれを。そうだ、一緒に遊ぼうって誘われていたっけ……まだ覚えていたんだ。当時人見知りの激しかった弟を連れ出そうとよく声をかけていたが、弟の返事はいつも素っ気ないものだった。弟はソフトのケースを胸に抱いて、心の古傷を慰めるため少し泣いた

八

寄宿舎を抜け出して酒場でたむろするケベック。彼に憧れるカレンはナイトクラブに向かうハーレー・ダビッドソンの連隊を自室の窓からかき分けるように目で追っていた。あの中に彼が居るはずだわ、手を振ったら合図してくれるかしら……無理よね、切ない片思いだもの。それに彼はチア・リーダーのうちの誰かと仲良しだって噂もあって、わたしはグラマーじゃないし十人並みだし料理実習のセミナーも落第したし。しかし、そこでめげる彼女ではなかった。ケベックへの秘めた想いのたけを詩文に書き留めて地元のケーブルラジオに投稿するのを密かな楽しみにしていた。採用回数もじわじわ増え、ラジオネーム「ラプソディー」の甘い小節にリスナーもうっとりとの評判である。彼女としては、ほんの少しでもよいので――よいので、カレンは…ケベックに、続かないな…ええい、こんな駄文を何枚書いてもあの子は振り向いちゃくれないんだ。なんとかして想いを伝えないと、俺はもう……。彼は机代わりのちゃぶ台の天板を両拳で叩き付けてがっくりうなだれた。勢いで原稿用紙が枯れ葉のように四畳半の間を舞う。せめてプレゼントか何か……。じっとしばらく考えたのち、閃いたとばかりに立ち上がり、なけなしの小銭を部屋じゅうからかき集め、つぎはぎだらけのどてらを脱ぎ捨てファストファッションのアウターをはおって学生寮をあとに駆け出した。向かう先は駅前のジュエリーショップである。真冬にして顔が紅潮するのを感じ、上がる息はむしろ心地よいくらいである。まるで景色のすべてが輝いて見えた——リスナーの皆さんこんばんは。キロワットラジオ・ロサンジェルス放送局です。今日は、ミス・ラプソディーより届いた手紙から読み上げます。ひと目ぼれって、信じられますか、私は、信じられませんでした、彼に出会うまでは。すべての恋する乙女に、メリー・クリスマスを

九

駅前デパート内の家電専門店。初売り目当てで高校のクラブ仲間の女子二名と男子一人のグループが買い物にやってきた。目指すは最新スペックのPCである。広場で待ち合わせし、目的の店へ向かう段取りだ。アケオメー。ああ、おめっとさん。あれーカレシ、なんかテンション低いじゃん、アニメの録画でも失敗したとか。うっせ、マヤ暦の終末もアセンションもなんもなくて、あっさり二〇一三年が来ちまって、これでテンションが上がるかっての。ぷー、そんなの信じてたんだ、お子様だねー、そう思わない。まあまあ、ふたりとも、正月早々煽り合わないにしよ。今日はうちの部の機材新調だよ、じっくり考えて買い物しないとだよ。ああ、それなんだけどな、アイビー・ブリッジのi7は確かに高性能だが、セレロンのデュアルコアで済ませて余った分をソフトウェアの六四ビット化の資金に回すという選択肢も――ストレージにSSDを使えるなら物理メモリは少なめにしてスワップ領域で稼ぐ方が――。三人で熟考し、店員のアドバイスを受け、コスト・パフォーマンスにおいてもっとも優れた構成でPCを注文した。さ、配達の手配も済ませたし、そろそろ解散するか。そうね、寒いし早く帰りたいわ。ちょっと待って。ん、どうしたの。ちょっと歩いて海の方に行きませんか。えっ、これから……。ちょうどバスが出る時間なんです、せっかく三人で集まったのだし、さあ。彼女に押し切られる形で二人も乗り合いにて海岸方面へ向かった。車内は初詣帰りなどで盛況だったが、対照的に車通りや路上の歩行者は少なかった。二〇分ほどで終点に到着し、そこから目的地を目指して歩いた。寒いけど、気持ちいいね。ああ、歩いていると体もあったまるしな。へへー。海岸に到着すると波は荒く強い風が吹き付け荒涼とした景色であった。だが三人は嫌とも言わず海のかなたに見とれた。南西の空が明るい緑色に輝いていたのである。すげー。きれい。わー。正月にいいもの見れたな。はい、きっと、マヤのひとたちも二〇一三年は良い事ありますようにって、お祈りしていたと思うんです。でも、なんで俺らを海に誘ったんだ。あっ、わたし思い出した、うちのクラブの正式名称は、パソコン無線天文部だったんだっけ

一〇

裏通りのマッサージ店。ここを根城にする「F派」のメンバーが売上を回収して上納に来た。ツラ見られたか。いえ、たぶん大丈夫かと。よし、そいつを持って一六号のバイパスを北進しろ。先の方で案内人が待っている。はい。男はカバンを持たされ勝手口から追い出された。移動手段は徒歩である。運び屋をやるのは初めてだ。カバンの中の札束と携帯を確認し、人目を気にしながら拠点を後にした。時刻は午前零時。防寒着で覆面しても周囲が気になる。通りに人は少なかったが、却って何が飛び出すか分からない恐怖心に怯えた。一歩一歩進むたびに、不快な金属音が響くのに気づいた。パンツのポケット、スーツの胸ポケ、内側と手のひらで探ってみたが、原因となるものは見あたらない。心拍数が上がり、息が切れそうになる。めまいに耐え音の原因を探り、やがてカバンの携帯が音源であることに気づいた。ちょうどドブ川にまたがる橋に来たところで、ありったけの力で放り投げる。辺りで眠っていた水鳥がいっせいに飛び立った。貴重な通信手段を擲《なげう》ったことで不安は増し足も震えだす。やがて繁華街にさしかかった。人ごみに紛れている間はいくばくか安堵した。もしもし。誰かが声を掛ける。おっかなびっくり振り向くと水商売風の女だった。これ落としましたよ。彼女が持っていたのは男のカバンである。油断して肩からずり落ちたようだ。女は男の目をのぞき込み、首をかしげる。飲みすぎじゃないの、早く帰った方がいいよ。女の表情に射貫くような視線を感じ、差し出されたカバンを受け取らずに声をあげて逃げ出した。はあー、ちょっと待ってくださいよー。彼女の素っ頓狂な掛け声も耳に入らなかった。頭の中は真っ白である。這う這うの体で目的地に着くと、案内人が彼を待っていた。Ｆのかたですね、お待ちしておりました。……あの、カバンを途中で捨てて来ちゃったんですけど……。ええ、結構です。あのお金はもともと我々「Ｈ舎」がＦに渡した「移籍金」ですから。

はあ、どういうこと。Hの表に出せない現金をFさんに処分して貰ったんです。一種のマネーロンダリングですよ。そしてあなたは今からHの運び屋として働いて頂きます。激務ですが、よろしく。下っ端が眠る夜明けは遠い

二

雑居ビル二階のショットバー。今宵も人生に漂泊するひとり者たちが宿り木を求めてカウンターに腰掛ける。時刻は午前二時。仕事あがりの商売女、上司のぐちを酒で流したいサラリーマン、売れないミュージシャン、そして彼もまた……。渋い顔つきで戸を押し開け、誰に挨拶するでもなく足元を睨みながらカウンターの隅に腰かけた。五〇前後のフリーランス風。優男と呼べなくもないが、押しの弱そうな風貌である。またスカッちまったよ、今日も契約ゼロだ。信用金庫も今後は融資できないだとさ。もうサラ金しかねえよ。借りれなきゃオシマイだ。マスターは何も言わずグラスを磨いている。最初から向いてなかったんだよ、商売なんて。俺は学無いから堅気は無理だからって、もう死んじまった叔父貴がよ、今の商売やらせてくれたんだけど、もうできねえよ。辺りの客は次の憩いを求めてはけてゆき、店内はまばらになり静かになったよ。クソみてえな人生だったよ。女房がガキと逃げてって二〇年になるかな、音信不通になって今はどこで何してるのやら。でも、結果的にはあいつらのためにはこれで良かったんだ。甲斐性なしの背伸びにしちゃゴールポストが高すぎた。ロックでつがれたウイスキーを一息で流し込む。しょっぱいのか辛いのか味もよく分からない。でも、時々思うんだ。格好悪くてももがいてでも、家庭を続けていたら、今頃こんなモヤモヤと戦わなくても済んだかもしれないってな。いろんなことから逃げてばっかしで、気がついたら袋小路に自分から入ってた。最初は安酒でも楽しかったのに、いつの間にかキツいのをガツンとぶち込んで嫌な事をトイレに吐き出すようになっちまった。そうしてるうちにマスターの所しか居場所が無くなっちまったのさ。哀しいだろ。マスターが口を開いた。旦那さん。グラスの氷が解けあって小さな音を立てる。誰もがもう昔には戻れないんです。これ以上悲しいことは無いでしょう。だったら、それ以外の悲しいことなんて、些細なことだとは思いませんか。男はゆっくり視線を落とし琥珀の色を放つグラスに浮かぶ氷を見つめた。骨董物のジュークボックスが六〇年代のヴァイナル盤を覚束ない音程で鳴らしている

二

高校の演劇部。文化祭で催すオペラのための準備が進んでいる。演出担当の男子生徒は役者陣に矢継ぎ早に指示を飛ばす。この場面のヒロインはスカルピアの口撃に陥落するのだから、もう我を忘れて、崩れてぐちゃぐちゃになっちゃうんだよ。そうそう、胸元も裾も乱して。次の場面の急展開に含みを持たせるんだ。題目はトスカである。だが、問題は山積だった。英語研究会に米国版のリブレットを翻訳させて台本として使っていたが、第三幕の後半が訳しきれていなかった。こらＥＣＣ、いつまで待たせるんだ。演出担当の彼が突き上げる。やってはいるのだけど、うちらの発表にも人手を割かなきゃだしさ。それに、一番翻訳ができる帰国子女の生徒が渡米しちゃったんだよね。英研の男子生徒が弱々しい声で釈明する。ええい、もういい。台本を貸せ、俺がやる。原稿を奪って立ち去ってしまう。次に向かうは衣装担当のデザイン研究会である。おいデザ研、女優のスカートの件はどうなった。ヒロインのコスチュームがギリギリまで練られていたが、完璧ではなかった。ほとんど出来てるけど、スカートのフリルをどうするかだね。いろいろ試してるけど、まー間に合わすから待っててよ。デザイン担当の女生徒が請け合った。ああ、時代考証とかは気にすんなよ。俺たちのやりかたでいいからさ。問題はまだあった。舞台背景担当の美術部である。よお、サンタンジェロ城は完成したのか。ああ、やっと壁面がくっついたからね。体育館に入れて仕上げるだけだよ。美術部員の男子生徒はあせだくになっていた。城壁の塗装は演劇部員にも手伝ってもらいたいね。こっちは自分とこの展示と掛け持ちで徹夜だぜ。けっ、徹夜くらいでえばるな。演劇部員はメシも食ってねえよ

文化祭当日、いよいよ公演だ。役者は完成した台本でリハーサルを済ませていた。舞台の袖にスタッフが集まっている。台本できたんだね、君ひとり

でやったのかい。英研の部員がいぶかる。グラマーのユミちゃんに頼み込んだんだよ。そうか、演劇部の副顧問だったね、海老原先生。女優が衣装をまとって舞台に現れた。どう、裾のフリルをレイヤーの上下両方ともレースにしてみたの。時間掛かったんだよ。得意気のデザ研。ああ、十分目立ってる。スカルピアでなくともその気になりそうだ。開演である。トスカとマリオの恋歌。それを阻むスカルピアの野望とふたりへの容赦ない攻撃。すんでのところでけだものから逃れ、ふたたび歌い合うもどんでん返しの悲劇。そして閉幕——役者が全員で礼をする。ブラボーの喝采。そのときサンタンジェロ城の書き割りが左右にひっくり返され、裏側があらわになった。そこにはラッカースプレーで大きくメッセージが書かれていた——「いつ遊ぶの、今でしょ」

一三

長年住み慣れた我が家を離れ、駅前に新築されたマンションに引っ越す日がやってきた。長年、と言っても小学五年生の彼は生まれてから今までの一〇年ほどを過ごしただけである。しかし、彼にとっては物心ついてからずっと生活していた所を離れるというので、冒険家が新大陸を見つけたくらいのインパクトはあったかもしれない。鍋とか料理道具全部置いて行っちゃうの。ああ、お父さん料理屋は辞めるんだ。お母さんやお前にも気苦労掛けたな。でももう東京で就職先が決まったから。きぐろう……彼には何の事か分からなかった。車に乗って移動し目的地へ到着する。おれ学校行ってくる。そうか、今日は運動会をやっているそうだ。気を付けてな。少年は新しい学校へ向かって駆け出した。校庭では案の定子どもと大人たちが競技と声援に熱中している。デジカメで我が子を追う日曜カメラマンの壁の隙間から中を覗き見る。どんな友だちが居るのかな……。不安と好奇心が少年の胸で錯綜する。おーい、きみかい、来たんだね。教頭が彼を呼ぶ。次の種目は借り物競走なんだ。ちょうど男の子の数がひとり足りなくてね。そのままでいいから参加してくれないか。はい。少年は何が起こるのかどぎまぎして返事をした。組になる女子はすました顔で少年と並びスタートを待った。合図が鳴り走り出す。題目のメモにはふくらんだ風船玉と書かれていた。これかな。少女がテーブルの上の空気の入っていない風船を手に取った。ふくらませてみるが、すぐしぼんでしまい上手く形にならない。貸して。少年が肺活力を生かして風船は大きくなった。わたしもやりたい。少女がだめおしで吹き込んだ。ふたりとも夢中でゴールをめざす――

イベントは一応のところ成功し、少年は帰宅した。夕食前、彼の家を訪れる来客があった。すみません、今度こちらに越してきた者で、ご挨拶をと

――それは先ほどの少女とその父親だった。聞けば彼女達も今朝同じマンションに引っ越してきたばかりという。少年は彼女に気がつき玄関へ出てきた。あーっ、さっきの風船王子。少女が彼に声を掛ける。うん、よろしく。といううつむきがちの返事。そのとき玄関の外側の廊下に天から大粒の豆が降ってくるのが見えた。何事かと驚いてふたりは外に出る。すると少女の母親が上の階で転んで空豆を大量にざるからこぼしていた。あのね、うちの家、引っ越してくるまで空豆農家だったんだ。少女が説明する。ふーん。降ってくる空豆を一粒手のひらで受けた。チャーハンの具にには良かったかもね。でも、とうちゃんサラリーマンに戻ったから……ふたりはなんとなく乾いた笑いが込み上げた。青い薫りは人を安心させる

一四

人里からだいぶ離れた合宿所。小学生の剣道サークルがこの地で合宿を行なっている。指導する先生は乱取り中の生徒達に掛け声を飛ばし、生徒はみな重い防具を身に付け、流れる汗と闘いながら夢中で稽古に励む。部員は小学校高学年の子どもたちで、特に六年生はこの合宿で最後の稽古となるのでいっそう力が入る。ひとしきりの稽古が終わり、先生が部員を集めて話をする。今日は合宿の最終日だ。今までの集大成として、部内の試合を行なう。生徒たちは静かに話を聴いている。これから対戦相手の組み合わせを発表する。六年生には女子が二人おり、負けん気の強いショートカットの少女と、彼女と仲の良い長髪の女生徒である。ショートカットの少女はひそかにライバル視していた男子との対戦となった。少女は自分の試合が始まるまで明鏡止水といった心持ちで待っていた。皆必死に相手から一本を取ろうと試合に臨んでいる。そして出番となり、相手と向き合った。気合の掛け声を張り上げる。相手も一歩も譲らない。竹刀の先が触れ合い、機を見計らって少女が面を打つべく踏み込む。相手が前に立ちはだかり体がぶつかり合ってつばぜり合いとなる。力では相手の男子が若干有利に見えた。そして――

試合は終わった。少女の勝ちである。実力は互角で判定に持ち越したが、闘志で一歩勝った彼女に旗が挙がった。稽古が終わり道場から引き上げるときに、相手の男子とばったり鉢合わせした。彼が微笑んで声を掛ける。お前強かったよ。それまでライバル視していた人物からの、思いも寄らない言葉を受け、返答に窮した。うん……いい試合だったね。その夜、長髪の友達が彼女を誘って宿舎を抜け出した。星が綺麗だから、広場に出て見に行こうよ。満天の夏の星空である。ふたり草むらに寝転がって夜空を満喫する。もう小学校も終わるんだね。うん。中学に行っても、こんな風に一緒に夜の空を見られたらいいね。最後の稽古、ライバルとの試合。いろんなことが浮かんでは消えた。そして充実感と少しの喪失感が心を満たす。視線の隅に一本の筋が見えた。あっ、見えた、流れ星。ふたり分の夢に空のかなたで応えたようだった

一五

教師に引率されて生徒たちが五合目までやってきた。今日から明日に掛け名峰登頂を目指す、小学六年生のグループである。ここでバスから降りなきゃいけないのかー。髪をおさげにした少女がため息をつく。彼女は班長と呼ばれており、三人組のグループのリーダーを務めていた。もう行こうよ、みんなとうに登り始めてる。長髪の女子が促す。うちら今んとこビリだし。短髪の少女も焦りぎみだ。よーし早速ショートカット決めちゃうぞ、それっ――。班長、バスの窓から降りちゃダメーッ。高山の踏破は決められた山道をひたすら登る。五合目を後にして数時間は登っただろうか。三人は疲労が廻り始め、黙々と登っている。ねえ、頂上に何があるの。長髪の女子が息を切らせながら問いかける。アイドルゲームのレアカード頂上にあるんだろ、班長そう言ってたよな。いや、言ってねえよ。短髪少女の掛け合いである。十月の山道は下界では見慣れない高山植物が繁る。夜半頃、山小屋に到着した。ここで仮眠である。めいめい持参した毛布にくるまり、ひと休みだ。うとうとしていると、高齢の紳士が何もはおらずに壁にもたれているのに気が付いた。班長が声を掛ける。お休みにならないんですか。ああ、いや、妻の毛布が水たまりに浸かって濡れてしまったものでね。私のを妻にやって、仕方なしにこうしているんだ。そうですか。少女は自分の毛布を紳士に差し出した。どうぞ、お使い下さい。私たち三人は二枚で足りますので。いやあ……いいのかい、申し訳ないな。自分の区画に戻ると、班員の少女達が笑顔で迎えていた。偉いよ班長。お前スッゲーな。二枚の毛布を並べて身を寄せ合いながらくるまる。なあ、なんでとっさにあんなことできるんだ。そうそう、私も思った、素敵だよね。うーん、そう言われても、自然にやったこととというか……。自然にできるんだ。やっぱり凄いね。凄くはないって。ただ、私も前に誰かが同じような事をしていたのをそばで見て、かっこいいなと思って、真似して

いるだけかもしれないな

山小屋から山頂までの短い山道を乗り越え、ついに頂上へ着いた。老若男女が入り乱れ歓喜している。三人の少女たちは陽気にここまでの道のりでの出来事を語り合った。そのうちに登山者が一方の方向へ固まり出した。そちらに目を向けると、厚い雲の合間から真紅のあけぼのがかすかに見えた。三人は言葉にならない感覚を共有する。すべての人類がそのときを待っていた

一六

市道の補強工事にかりだされた警備士。ひとりで突っ立って片側の一車線を塞いだ道で交通整理している。二月、深夜――。防寒着を着込んで冷たい風に耐える。年度末の近いこの時期はどこも人手不足で、新米の彼も夜勤の出動である。さらに五輪がらみの大規模補強工事も始まっており業界は一層の人材難となっていた。さいわい自動車の通行量は少なく、誘導自体はさほど困難ではなかった。それでも緊張を緩めることはできず、こめかみを両側から押しつぶされるような感覚と闘う

この仕事を始めたのは秋頃からだ。夏までずっと求職状態だった。広告代理店に勤めていたが、職を失って最初の頃は一人暮らしの下宿先でゲーム、

ネットにマンガ漬けで暮らしていた。だがある出来事をきっかけに就職に本気を出すようになる。七月に季節外れの風邪をひいた際、あまりの苦しさに這う這うの体で医者にかかると、インフルエンザの診断が下された。誰も見舞いに来ない自室で病気と闘い、特効剤のシンメトレル連鎖効果が効きはじめ高熱が一気にひいたころ、彼は生まれて初めて生の実感を感じた——俺は、いきている

仲間の警備士からの合図で、軽食を取る。海苔弁当の差し入れがあり、路肩で現場の皆と休憩した。六〇、七〇代に混じっての団らんで、彼らが何を会話しているのかよくわからなかった。競馬の話題か……パチンコか。よお、あんちゃん、調子はどうだい。ときに、あんたオリンピックのときトシいくつだ。年配の警備士に声を掛けられた。えっと……三四になってますかね。ちがうよ、前のときだよ。アッハッハ。冗談だったのか……。弁当の残りをかっこんで片付ける。立ち去る際につぶやきが聞こえた。大卒は挨拶もでき

ないのか。聞き慣れた皮肉に肩をすくめてやり過ごす

空気は一段と冷え、車通りもなくなり、現場の作業は佳境に入っていた。学生の頃の事、代理店時代。過去の事が幾度となく思い返される。ずっと、ひとりだったたな。そして、今も。感傷に浸るでもなく、なにかやり遂げたという達成感もない。ただ、生きているだけ――もっと若い頃なら必死にもがいてのたうち回るところだが、とき既に遅し、人生こんなものだろうと達観している

――彼の心境はそんなところだった。先輩格から栄養ドリンクが手渡される。これで体あったためろ。ドリンクを喉に流し込んでいると、天から白い粒がちらほら舞って来た。雪である。まだなにひとつ始まっちゃいないのだ

一七

海岸沿いの公園にいつもその少女がいた。二、三週間くらい前から噂にはなっていた。海岸公園に女の子が棲みついている。なんだろうねえ。こんな御時世だし、いろいろあったんでしょ。等など噂がひとめぐりすると、住民の関心は薄れ、なんとなくとけこんでいった。近くの大学の学生が友人からその話を聞き、彼女を訪ねることにした。女の子ひとりで、寒空のなかホームレスかよ……ホントかその話、いくらなんでもあんまりだろ。誰も面倒見ないならば、俺が市役所に掛け合って民生委員を紹介して――。正義漢かそれとも野次馬根性か、彼女に関するくだんの噂は、まだ世間知らずの彼を駆り立てるに十分だったようだそしてある日の日曜日、彼は自転車でその公園までやってきた。来訪者は多く、親子連れや若者たちが思いおもいに時間をつぶしていた。彼女はどこかな。見渡すとそこに彼の視線はくぎつけになった。年のころ一七、八。よく整った長い髪と撫子の花のような顔立ちの少女が、自転車に乗った爺と談笑していた。服は白いシャツに濃紺のスカートである。三月の暖かい日だったが、周囲の皆より薄着だ。なにより彼には彼女の雰囲気が不自然に映った。あのこだ、間違いない。だが、そこへどう切り出したものかいきおい混乱する。あのー……。少女がこちらを見た。しどろもどろになる彼に、彼女は首をかしげて微笑んでみせた。なんだい、あんちゃん、この娘に一目惚れか。爺がちゃちゃを入れる。寒くないんですか。ああ、これから一杯ひっかけてくるんだ。女房にゃ内緒だぜ、あっはっは。いや、おじさんじゃなくて、その、そちらの……。（エッ、あたしぃー。ああッ、いけない……）あら、わたしのことですの。今日は暖かいから、上着はしまっておきました。しまってって、どこへ。あちらです。そう言って、彼女は海に突き立てられたテトラポットの山の空洞を指した。食事はどうしているんですか。（マズイなあ……）お魚ですね。最初は釣りなんてしたことなかったんですけど、ここにいらっしゃるおじさまたちは精通しておられて、今では岸壁に立つと自然と集まってくるようになりました。今も、こちらのプロの方に餌虫のよい仕掛けかたを教えて頂いていたの。あなたも、魚釣りをなさるんですか。いえ、一度も。あら、そうですの。そう言えば、なにか御用があったのでないですか。あっ、いや、その……なんでもありません。そう言うと彼は自転車にまたがって逃げるようにその場を去った。自分の非力さに悔しくて、視界がにじむ。あくるひの学校で、友人が彼に報告を求めた。おい、あの変な女のところに行ったそうじゃないか。どうだったんだ。ああ、案外大丈夫そうだったよ。そうじゃなくて、好みのこだったのか。はは、どうかな。あんだよ、つまんねーやつ。ま、あんな女に入れ込んだら、それこそ友達やめてたかもな。そうかい、なんだか、世の中行き着くところまで行った感じだよ。放課後、書店の釣り関連コーナーで本を夢中で読み漁る彼の姿が見られた

一八

金髪の女の子が団地の階段を昇る。この春で小学五年生。アメリカ人の父親と日本人の母親の間に生まれ、勢良と名付けられた。生まれも育ちも日本で、一度も父親の国を訪れたことはない。学校では仲のよい友達に囲まれ、活発に育っている。国語と体操の科目が得意で、級友の知らない漢字や縄とびのとびかたを披露し喝采を浴びる。途中階の婦人が声を掛ける。おかえり、セーラちゃん。ただいまーっ、公園行くんだよ。セーラは婦人にVサインを見せた

新学期、始業式が終わりクラスに帰ると、転入生が迎え入れられ挨拶した。名は育真。シンガポールに出張していた日本人夫妻の子で、家庭以外ではす

べて英語で生活していた。育真くんは、そうだな、セーラが面倒みてくれないか。席はとなりだ。教師が案内する。よろしくね。セーラが微笑みかける。よろしく。育真は緊張をうまく隠せない

セーラは公園で同級生数人と合流した。その中に育真の姿もあった。ゴールに見立てた壁面にボールを蹴り込むゲームで遊ぶ。キーパー役がひとり。仲間が蹴り、守護神役がセーブを試みるがなかなかうまく防げないものだ。セーラの番だ。彼女のボールも壁面に刺さった。ドンマイだよ、リベンジリベンジ。セーラがフォローする。育真が蹴る。ボールは直線コースで、キーパーが見事キャッチした。こんなはずでは……。育真は心地がよくない。皆がキーパーをたたえた。次にセーラがキーパーにまわる。セーラは機転すばやく、彼らのシュートを阻んで見せた。やるな、セーラ。育真のシュート。セーラはすんでのところで取り逃し、ゴール。育真やるじゃん。お前、代表選手になれるよ。あれっ、俺……、普通に蹴っただけなのにな。彼はますます動

揺する。育真にキーパー役がまわってきた。彼らの鋭く蹴り込まれるシュートを防げない。半べその育真にセーラが宣言する。育真、もし私のボールをキャッチできたら、ケッコンしてあげる。えええーっ。友人たちがどよめく。育真、なめられるなよ。セーラ、がんばって。みなそれぞれに声援を送る

セーラのシュート。帰国子女のプライドか、それとも少年なりの男の甲斐性か、育真は声をあげながらボールに向かう。ぬおおおおお。セーラ渾身のボールは、だが彼の防御を突き破る。育真の顔面に衝突し、跳ねてゴールを貫いた。ひぎっ。育真は奇妙に叫び、両手で顔面をおさえしゃがみこむ。仲間が笑いころげる。だっせー。顔面キーパー、轟沈。一方、セーラはまず自分で思いもよらない宣言をしてしまったことに驚き、ついで、育真の勇姿に心を攫われた。完全に惚れてしまったのだ。育真がセーラの元へやってきた。取れなかったよ、ごめん、セーラ。彼女はそっぽを向く。ふん、だらしないわね。内心セーラは胸の高鳴りを感じていた。それは、まもなくやってくる初夏の匂いにも似て初々しいものだった

一九

入れ替わりたちかわり、その喫茶店には客が訪れていた。シニアや主婦の井戸端談義にうってつけの立地で、さらに学生街の店舗エリアにあったため、若者も集まった。集客のピークはランチタイムで、昼どきに訪ねても席の確保は困難だ。夕刻前は客足が鈍るが、その時間帯を狙って、とある売れない小説家が足を運ぶ。歳は四〇代なかほど。毎日訪れる訳ではない。アルバイトで食いつないでいたので、休日に気が向けばコーヒーを一杯たしなむ程度だ。店のウェイターは彼が訪れると軽く微笑みかけるが、人見知りのせいか彼の反応はぎこちない

三月——寒緋桜が一足早く街に春を告げる。人々は浮かれ、卒業だ入学だ

就職だと華やかな話題が世間を賑わす。だが彼だけはその輪の中に入れなかった。バイト先から逃げ出し、携帯には元上司からの着信が何件も掛かってくる。もちろん応答はできない。下宿先に居ると滞納した家賃の催促に大家がしつこく現われ、生活に困って借りたローン会社の回収屋が彼を追い詰めた。もう下宿先には戻れないな。わずかな現金と手帳、いつも読んでいるマンガ本一冊、それから、むかし母親に貰った革の手袋をリュックに入れ、明け方、自室を後にした。これからどうしよう。夜明けの街をひとりさまよう。人通りは少なく、あけぼの差し込む街並みは美しいくらいに輝いていた。自分の状況が醸す絶望と目に映る光景の落差に一層の疎外感を覚える。俺は、人生長く生きすぎたのかな。小さいころから病弱で、物心着く前から勉強だ稽古ごとだと追いたてられ、学校では人間関係の軋轢に悩んだ。必死に勉学にとりくみ学士は修めたが、社会に出れば仕事が遅い覚えが悪い愛想がないと責めたてられ、現実から逃げるが如く小説を書くようになった。数打ちゃあたるで新人賞に応募したが、世の中そう甘いものではない。鳴かず飛ばずに耐え切れず意を決して出版社に持込み、かろうじて編集者に顔と名前だけは繋いでもらった。物書きを始めて、最初の頃は楽しいこともあった。自分の書いたものが僅かな数でも読者に読んでもらえるだけでうれしかった。だが、勢いが落ち才能が枯れたとみるや出版社もさっさと逃げていった。最終的に彼の作品が世に出ることはなかった。もはや彼の存在を気にする者は誰ひとりいなくなったかのように見えた

気がつくと、くだんのカフェの入り口に来ていた。ウェイターが通りを掃除し開店の準備をする。あれ、おにいさん、今日は早いね。いま店開けるからちょっと待っててね。はあ……。どうせ行く先のあてもない。ここで人生最後の一服とするか。誰もいない店内に入り、なかほどの席に着くと、水とおしぼりが提供された。喉の渇きを申し訳なさそうに潤して、おもむろにおしぼりを手に取り、のどぶえから首の回りをぬぐう。俺、臭いわけじゃないよな……たぶん。おにいさん、作家さんなんでしょ。え、いや……そういう

訳では……でも、なぜそれを。この前来たとき、プリントアウトした紙をテーブルに忘れてたよ。アルバイトしながら喫茶店に顔を出す男性の話。これ、おにいさんが書いたんだよね、すぐ分かったよ。す、すみませんでした。いや、実はさ、うちの書棚で配布してるタウン誌で、ライターを募集してるんだ。この前、そこのマネージャーが来てね、偶然きみの原稿を見たら、ずいぶん気に入ってさ。まだ荒削りだけど伸びしろに期待できるって話。ぜひ書いてみないかって。原稿料ははずむそうだよ。人がいて、集まって、街になる。ひとりで生きてきたつもりだったけど、ひとりじゃなかった

二〇

海岸沿いの新駅にできたショッピングモール。四月――。日曜のあるひ。店舗は家族連れでいっぱいだ。この春小五になった少年が母親連れでウィンドウショッピングしている。最初は洋服、化粧品などを見て歩いたが、次第に少年にひっぱられるようにゲーム、古本マンガ、ゲーセンと移っていった。勢いで散財されてはかなわない。もう帰るよ、ほら、もう立って。まだ何も買ってないよ、早いって。今日は見るだけって約束したでしょ。少年は追い立てられるようにトレカコーナーを後にした。見るだけだったら、帰らなくてもいいよな。少年のブーイングも母親は意に介さない。帰りがけの音楽CD店前で、通りすがりの女性を見つけて母親が声をあげた。あら、久しぶりじゃない。相手の女性も丸い目だ。聞けば学生時代の友人という。なんか長くなりそうだな。少年は怪訝《けげん》を隠さない。おかあさんね、ちょっとお茶してくるから、ＣＤのところで待ってて。あとで買ってあげるから、欲しいの一枚選んでいて。いいの、マジで、やった

友人とカフェに向かう母親を見送り、ＣＤの棚を眺めた。どれにしようかな……戦隊ジャンバラヤーかロボットユニコーンか。夢中で探していると、傍にいた少女にぶつかった。きゃっ。あっ、ごめん、うっかりして。見れば彼女も少年と同じくらいの年格好。少女が声を掛ける。君もヒーロー物さがしているの。うん、まあ。少年は顔を真っ赤にして照れる。私も弟にプレゼントするのに探してたんだ。今の流行りよく知らないんだよね、教えてよ。いいよ、今年上半期視聴率ベストテンは――。少年は鼻高々で喧々諤々、放送中の番組と主題歌についてぶった。へーえ、詳しいんだね。尊敬しちゃうな。一方で、少年は少女が抱えていた一枚のＣＤを気にしていた。手に持ってるそれ、なんのやつ。少女が応える。これは私の聴きたいものを選んだの。

インデペンデントレーベル。ん……。少年にとっては未知の世界との遭遇だ。それ、どこの棚にあったの、俺も欲しい。彼女のセンスが少年の好奇心をとらえた

少女はCD店の洋楽の棚へ案内した。少年はおっかなびっくりである。英語がびっしり……。私は最初コンピレーションから入ったんだけど、一通り聴いたら、他のオルタネイティブ系も気になって……。少年には何がなんだかわからない。少女は少年の様子を見兼ねたようだ。君にはまだ早かったかな。興味なければべつに無理に……。もういい、俺帰る。軽いカルチャーショックで音楽にすっかり興味を失った彼は、CDを選ばずに店を後にした。店の外で母親たちと再会する。あれ、決めたやつはどうしたの。欲しいの無かった。そっか。それなら却ってよかったかもね。お母さんの友達がね、聴き終わったCD貰ってくれないかっていうから、ひきとっちゃった。ほら。紙袋の中に一〇枚ほどのディスクが入っていた。少年はその中に見覚えのあるア

ルバムを見つけた。……さっきのあいつが手に持ってたやつと同じだ。あれ、君これ知ってるの。母親の友人が声を掛ける。いいえ、知り合いが持っていたもので。あら。どんな音楽を聴くかも、出会いのひとつだから。君を新しい世界に導いてくれるかもしれないよ。少年はそれを手に取って感触を確かめた。硬派なロックがショップのＢＧＭで流れている。大人の階段をひとつ登ったような気がした

二

保育園に園児たちを見送り、若い母親のグループがわが家へ帰ろうとしている。みなこれから仕事に向かうためか、こころなし急ぎ足だ。ついでに、互いの状況報告も欠かせない。うちの家賃が春から値上げして……うちは義母が実家で同居してほしいって言い始めて……。輪の中に自宅でイラストレーターをしている母親が居た。あなた今日も在宅ワークなの、体なまっちゃうわよ。せっかくのんびりできるのだから、散歩とかしてみたら。ありがとう。でも、わたしには今のペースが合ってるみたい。あら、そんなに時間があるのなら、幼稚園に変えてみたら。でも、保育園入れるときも審査大変だったし……。グループは散会し、母親たちは自宅に戻る。彼女たちには勤務先が待っていた。一方イラスト描きの彼女は部屋に戻ってお茶を淹れて休憩。

はー、疲れた。どうやら娘の見送りも母親にとっては一仕事だったようだ。幼稚園か。あの子のためにはその方がいいのかもね。でもな……。溜まっている描きかけの原稿の山に目をやる。まあいいか。よーし、仕事しよっ。夫の私物のてぬぐいを頭に締めて机に向かう

携帯が鳴った。担当編集者からである。進捗状況などのやりとり。悪いニュースがあると切り出された。イラストを掲載している雑誌のうち一冊が休刊になるとのこと。ゴメン、僕の力が足りなかった。出版不況でさ、しょうがないんだ。大丈夫です、夫と二馬力なので。そりゃよかった。でも、油断しないで君もウェブの方とかカバーしといたほうがいいよ。通話は終わった。また仕事が減るのか。これでますますヒマになるね。幼稚園の件、考えてみようかな。その悩みは何となく原稿を遅筆にした

――昨年。秋口に保育園の空きができたと連絡があり、娘にそのことを説明

した。だが娘は友人たちと離ればなれになる懸念から保育園行きを嫌がった。かれ彼女らの大半は幼稚園への進路が決まっていたのだ。やだやだ、友達と一緒がいいの。娘の両親は困ったように顔を見合わせる。やむを得ないか、と、母親が担当編集に仕事を辞めようと相談すると、その様子を見た娘は慌てて、保育園に行く、と言った。助かった、と同時に、母親はそのときの娘のすがるような瞳が胸に突き刺さっていた

夕刻、娘を乗せたマイクロバスが通りまでやってくる。憂いを抱える彼女も娘を迎えに参じた。娘がバスのステップから降りてくる。車内の友人らと熱心に言葉を交わしながらだ。また明日ね。うん、あしたもダンスの練習がんばろうね。バイバーイ。娘を力一杯抱き上げる。ママ、今日も新しい友達とたくさん遊んだのよ。わたしが大きくなったらアイドルになりたいって言ったら、それじゃわたしはライバルよっていうの。だからね、わたしが言うアイドルっていうのは——。ねえ、ママ、保育園って楽しいね。あれ、マ

マどうして泣くの。娘を育てているのか、私がこの子に教わっているのか、
どっちだか分からないね

二二

初夏――

住宅街をぴったり四角く切り取ったように広がる湿地帯。ここに飛来する渡り鳥を目当てに趣味のカメラマンたちがレンズを向ける。年齢層はおおむね六〇代以上だ。その中に、中年なりたてといった風貌の彼も混じっている。休日に市外から電車を乗り継いではやってくるのだ。会社勤めの多忙を縫っての撮影だが、このひとときがどんな時よりも安らぐ。この日もファインダー越しに水鳥にくびったけ。気持ち良さそうに泳いでる、かるがもだ。デジカメがつなぐ鳥たちと観客とののびやかな時間

平日のある日、商談で失態をおかし書類の提出ミスとさらに遅刻が重なり

上司に大目玉をくらい、おまけに大雨、傘は地下鉄に置き忘れ。こんなときこそスマホのディレクトリ一杯に詰めた鳥の写真にこっそり慰めてもらうのだが、充電忘れてバッテリー切れ。絵に描いたような厄日。君、たるんでいるんじゃないのかね。若いものに示しがつかないだろ。上司の叱責だ。鳥写真の趣味の件は職場では伏せている。そのためストレスはたまる一方だ。今すぐ逃げ出したい衝動にかられる。もう、限界だ。上司が無言で彼の座る後ろにやってきた。ちょっと別室に来てくれないか――

今の職場にはもう君の居場所はない。悪いがこの辞令に従ってくれたまえ。彼の目の前に見慣れない書類が差し出された。地方へ左遷である。鳥たちの映像が真っ先によぎった。離ればなれになってしまう。彼はがっくりうなだれた。辞令を手に私物をまとめて社を後にする。周りの景色も目に入らない程のショックだ。こんなのって、無いよ……

引っ越しの数日前、いつもの湿地帯へ来た。今日で見納めか。カメラを覗くのはやめて、せめて風景を心に記憶しておこう。木々を通り抜けて薫る風、潮の空気。今までになかった発見が多くあった。よく知っている場所のはずなのにな。遠くから見覚えのある男性がやってきた。相手もこちらに気がついて驚いているようである。先だっての上司だ。君も来ていたのか。はあ、どうも。タイミング的に気まずいものだったが、聞けば鳥の集まる各地のスポットを巡って、今日は初めてここに来たとのこと。ちょっと、いいか。そう言うと上司は何も言わず鳥を見つめた。そして思い出したように語り始める。私は社から依頼退職の勧告を受けていてね、君の転属の後、私は社を去る。そうですか……。さっぱりしたもんだよ。ときに、鳥が好きだったんだね。君のゆく先の付近にも渡り鳥の休憩地点があるよ。立派な黒鳥が姿を見せることで有名なんだ。落ち込んだ気分から一転、心ははるか大空に羽ばたいた。新しい生活には、楽しさも沢山あるはずだ。南溟《なんめい》の長旅を終えた夏鳥が続々と着陸している

二三

大学病院――

内科手術を終えた執刀医が患者の家族に説明する。容態は安定しています。麻酔から覚めるまで、お休み頂きます。患者は七〇代の女性で、その夫と息子が付き添い、医師の話を聴いている。二人ともこわばった表情で、無言のままだ。母は手術から帰還して以来眠ったままである。医師は挨拶をして立ち去り、二人は無言で母が休む個人病室の小さな椅子に座る。息子はしょんぼりして、ときおり父親の顔を見る。父親は腕を組んで口を真一文字に結んでいる

息子と父が顔を合わせるのは三年振りの事だった。父は飲み屋の女を追っ

て行方不明になっており、そのあいだ四〇代後半の息子が母親と二人で暮らしていた。親父の野郎、かあちゃんや俺にすまんの一言も言えないのか。かあちゃんが倒れた時にふらっと帰って来たから良かったけど、それにしたって……。やはり父は無言だ。このままではらちが明かない。かあちゃん、胃潰瘍だってよ。息子の方から父に切り出した。ストレスから来る胃炎を拗らせたって話だ。何か言うことはないか、親父。……。父は何も言わない。それればかりか、息子の言葉に苛ついたかのように睨みつける。聞こえるのは母の静かな寝息だけ。無理もないか。親父は俺達を捨てて姿をくらませたのだものな。何の弁解が在ろうか、一分の理すら怪しいもんだ。なあ、教えてくれ、三年もの間、いったい何処で何をしていたんだ。もはや俺やかあちゃんに隠しだてすることなんてないだろ。……踊ってた。――なんだと。だから、踊りを踊っていたんだ。女はどうした。あれは海外に高飛びして行った。散々貢がされて、その日の夜には消えた。そのときの商品が私のカード払いになっていて、奴を引き合わせたポン引きに良い稼ぎ口があると聞いて紹介されたのが、踊る仕事だ。グルだったんだろうな。踊る……仕事……

——そこでは、いとまをもてあました企業の幹部の個室へ出張し、全国津々浦々の伝承音頭を踊って見せる仕事をさせられた。一部上場企業から外資系の世界的企業まで、引き合いは途切れることはなかった。阿波踊りやエイサーなどのメジャーどころはもちろん、ありとあらゆる踊りのコースが用意されていた。私の担当は、郡上おどりだった。二ヶ月間の特訓を修了すると本番に呼ばれる。S商事の取締役が懇意にしてくれてね、それは良くお褒め頂いたものだよ。なんでも、私の郡上おどりはコシの入れ方が良いって。ぷぷっ。あれっ、なんだよ、母さん聞こえてたの。かあちゃん、目覚ました、良かったー。あははは。母は痛みをこらえながら力なく笑う。もう一度、三人でやって行ける気がした。ダンスを上達した父とともに

二四

衣替えから日が経ち夏服にもすっかりなれた。女子高校。定期テスト期間前。通学路途中のパン店に立ち寄って一年A組の三人グループがカレーパンをほおばる。テスト期間になるとさ、パンがおいしいね。だよね、でもなんていうか、ゆるんじゃいそうで怖いかも。二人とも、パンもいいけど勉強もね。わたし勉強したよ、パンもバカにしたものじゃないのよ。なんでも、小麦には記憶力を高める効果があるとかないとか。そういう勉強じゃなくってね。おなかいっぱいになったな。わたしも、ちょっと酔っちゃった。飲んでないでしょ、そもそも未成年はお酒禁止よ。さーて、これからだな。そうね、うちに帰って勉強ね。帰ったら八時間耐久アニメ鑑賞だー

三人はパン店を後にして駅までの短い道を歩く。なごり惜しさか食後の余韻か、みな口をきかずに黙ったままだ。ひとりが空を見上げる。大きな雲が天を駆けている。でっかい雲だー。やっほー。人目もはばからず声をあげる。数学が難しすぎて分かんないよ､助けてー。カレシ欲しいぞー。ふたりとも、ここは住宅街だから近所迷惑よ。えへへ、神様へのお願い。願掛けより自助努力のほうが効果的よ。でも、彼氏は努力だけじゃどうにもならないよ。今はそれでいいの。今できることをがんばりなさいな。はーい。分かった、今できること……こういうことだっ。屈んでふたりに力いっぱい抱きつく。あらあら。やめろ、カレーが逆流するだろ。若葉繁る樹木が揺れる

そんなに欲しいの、彼氏。欲しいよ、だってさみしいもの。居たらさみしくないのかな。……何が言いたいの。だって男なんて束縛したがるし、エッチなこと求めてくるし、いいことないよ。だからそれは……って、なんでそんなこと知ってるのよ。えっ、いや、彼氏がいる子が言ってたの。耳年増な

だけじゃない。大丈夫よ、心配しなくても。優しい人があらわれるのを待ちなさい。そうよ、時代は草食系だし、男絶ちだよ。うちら三人のオキテ第一四七、恋愛禁止。作りすぎだろ、オキテ

駅に到着、改札口前で立ち止まる。ここで三人別々の電車に乗る。今日は楽しかったね。またパン店寄ろうな。気をつけてね。さよならを言ってプラットフォームに駆け上がり、入線した電車に乗ってひとりドアの前にたつ。人はまばらで、午後の眠気がくる。明日は日曜日か……勉強しなきゃだな。家に着くまでにでも教科書読もうかな。何気なくカバンの中のものを手に取ると、三人の交換日記が出てきた。夏休みになったらみんなでどこに行くか決めようよ。最後のページにそう書かれていた。今から夏休みのことを考えていたら、行く場所は学校の補習だよ。惑星に潤いを取り戻せ

二五

――第二ターミナル

少年は伯父の見送りのためここへ来た。母親からは、関わってはいけないと念を押されている、そんないわくつきの親戚である。この日にカンボジアへ発つという話をこっそり教えてもらい、誰にも内緒でやってきたのだ。喫茶店付近で落ち合う。やあ、来てくれたんだね。はい、今回は長いと聞きまして。ああ、私物をほとんど処分してアパートを引き払ったんでね。そこそこお金が浮いたんで、たっぷり楽しんでくるのさ。君も、少し見ないあいだに大きくなったね。中学三年生かい。はい、来年高校受験です。そうそう、このあいだのストーカー騒ぎのときは君のママに面倒を掛けてしまったね。君が多感な年頃だから、俺も素行には気を付けてくれと妹からクギをさされちゃったよ。はあ、それはまあ。そう、僕の伯父さんは、筋金入りの変態……と言われている。過去に在籍していた職場と係争した結果、年金を獲得し、アジアや北欧を行ったり来たりしているらしい。だが、普段会話をするぶんには、至って普通のひとだ。話も面白いし、色々なことを教えてくれる。母はいつも言っています。伯父さんには将来の事も考えてほしいと。そうかい、君にも気を遣わせてしまって、済まないね。いえ、僕のことは別に。多分、身を固めてもらいたいのだと思います。そりゃ、難しい相談だな。人生に多くを望んでないのでね。俺にとっては、気だてのいい娘と熟れたガンジャがあれば、それだけで充分さ。ガンジャってなんのことだろう……まあ、ロクなもんじゃないことくらいは想像つくけど

少年、もしきみを愛する女性が現れたら、結婚して子をもうけなさい。そしてその子がきみと同じように異性と出会ってやはりいのちを引き継いだら、それはとても素晴らしいことだと分かるはずだよ。それは、宇宙が誕生

したのと同じくらい凄いことだ

国際線バンコク便へご搭乗のお客様は、六九番ゲートでお待ちください
――別れのときを告げる場内アナウンスである。君のママをよろしく頼む。そう言い残して伯父は出発ゲートの中へ消えていった。見送りを済ませ、京成津田沼ゆきの電車にのる。終点に彼の住む家があるのだ。車窓からボーイング787のテイクオフが見えた。少年は旅に出ることを決意する

二六

教育委員会庁舎へひとり担任教師がやってきた。彼の受け持つクラスの不登校の子の件で、教頭が委員会の抱えるカウンセラーに担任教師を引き合わせたのだ。会議室に案内され、中に入るとグレーのスーツの女性が座っていた。児童担当という腕章をはめている

カード……そりゃいったい何の話で。女性は、トランプのようなカードの束をシャッフルしながら、一枚抜き取るよう彼に促した。先生は、少し頭でっかちになっているのかもしれませんよ。りきまずに、肩の力を抜いて。彼女の催促から仕方なしに、カードを抜き取る。めくって見ると、衣をまとった女神が光条きらめく雲の切れ目を目指して飛びたっている様子が描かれてい

た

先生、元気に登校する子、不登校になる子、その差は、ほんの紙一重でしかありません。とくに当てがなくても毎日登校してくれる子や、学校に行きたくてしょうがないのに行けない子も居ます。ちいさい一押しで、状況を良い方向に変えることも簡単にできます。担任教師は反駁する。そう言いますけど、そういった理想論は何度も聞きましたが……。大丈夫、周囲のきずなを信じる祈りの心と、その子が将来に求める希望さえみつかれば、問題は解決しますよ——担任教師は委員会庁舎を後にした。狐につままれた気分といってよい

あくるひ、担任教師が朝のホームルームに出たところ、少年が出席していた。彼に声を掛ける。やあ、元気だったかい。はい。ホームルームが終わると、彼のところに級友がやってきた。集まりの輪に誘ったようだ。少年はす

ぐ笑顔になった

ふむ……大丈夫そうで良かった。職員室へ戻ると、少年の母親が待っていた。先生、ありがとうございます。何度も礼をする姿に、担任教師は恐縮する。カウンセラーの言葉を思い返す。祈りと希望――そうか、お子さんの成長を見守ってきたお母さんの親御さんとしての祈りが、あの子に希望を見せたのかもしれない。希望……その忘れかけていた感覚が彼の中でよみがえる

二七

おーい、メイ、こっちだよ。なによー、もう始めてるの。ゴールデンウィーク前日、特急の始発駅。夜のうちから都心を発って箱根へ向かうOL三人組のアコ、メイ、ユリである。大学時代からの親友で、それぞれ別な会社へ就職して行ったが、付き合いはずっと続いている。展望車両のボックスシートで缶ビール片手にアコがメイを見つけて合図したところだ。初夏の夜、テンションは高まり車内はみな陽気に騒いでいる

箱根かー。大学以来だね。一年次生の夏休みのときに三人はやはり箱根を訪れていた。アコが頬を赤らめて語り始める。あの頃はさー、憎ったらしい上司も居ないし、結婚できないなんて悩む必要なかったし、下宿先で講義すっ

ぼかしていつまでもだべっていられたね。アコ、おばさんくさくなってるよ。今日は大人の女性の集まりなんだから。そうそう。ユリの言う通り。飽くまでオトナのオンナよ。それより先に行っちゃ駄目ってことで。ほーう、普段は草食気取ってるメイちゃんが、結構ヘヴィなこと言うじゃんね。男でもできたかコラ、聞いていないぞー。メイは何も言わずほほ笑んでいる。車内アナウンスは電車が相模原を通過したと告げた

人生妥協よね。私はメイみたいに器量よしでもないし勉強もできない。それが分かってるから、今みたいな中小企業でもやって行けるのよ。アコの独演は宿に着いてからも続いた。この、だからこそ感がポイントよね。自分を巧く騙すっていうか。うん、分かる。アコはオールマイティなんだよね。器用貧乏ってやつ。ユリは相づちを打つ。そりゃ、就活の時、S商事から内定貰ったメイを妬んだわ。私には――っと、何の話だったかしら。アコ、アルコールも抜けたし温泉はいろ。ユリが促す。そうね。長旅で疲れたわ

温泉ではアコもひとまず落ち着き、のんびりと浸かっていた。山の稜線が星空に浮かぶ。ここで、風雲急を告げるがごとくメイがいきり立った。ちょっと、メイ、立ち上がるのよしなさいよ、丸見えよ。アコの忠告も彼女の耳には届いていない。わたし、吹っ切れたんだ。会社辞めてイタリアに行く。――――。メイの突然の宣言にアコもユリも絶句した。メイは漆黒の夜空へ絶叫する。もう嫌だ。もう嫌なの……もういや……。告白が済んだ証人のように、夜空にか細い裸体をさらけ出すのも構わずうなだれていた

謝辞

この本は千葉市にて催されている文芸の集まり「覇気」の詩誌に於いて発表した一連の作品群を一冊にまとめたものです。

書題に採られている地名は他でもなく筆者が長年住居を構えていたところなんですね。描かれているフィクションは、そこでの体験や夢ごと、そして書き続けている間に沸き起こった第三者的視点に因むフォース（笑）が基になっております。

「住んでいる街」とは、一体なんでしょう。それは第一義的に「その人が住んでいる場所」であり、「あなたが訪れた所」なのだと思います。ヒトが意識せずとも魅力を放ち、イベントを提供し、また加護するというア・プリオりなる思し召しがあって、わたしたちはいまここに存在している訳です多分。かれ彼女たちにとっての「そこに私がいる」という感覚にこそ、畏敬とともになになにものにも代えがたい大地とその起伏のエネルギーを感ずることができ、また人間動物小動物昆虫草木……延々

表紙イラストは本編の同名電子版小説をウェブサイトにて発表した際にご協力くだすった旭園らま氏と再度コラボレーションする形になりました。

お世話になったかたがたと、何よりこの本を手に取ってくださっている読者の皆様へ最大の謝意を申し上げます。

――六月。湖東

解説　鈴木貴雄小説集『ツダヌマサクリファイ』
現実は実際、夢のようである

佐相　憲一（詩人）

津田沼という地名の本来の地域を含む千葉県習志野市の人口が約一七万人、「津田沼駅」北口一帯が属する船橋市の人口が約六三万人、その合計は約八〇万人である。日本の総人口・約一億二千万人の約〇．六パーセントだ。日本全体の人数を約一五〇等分したうちの一つということは、習志野市民と船橋市民が一五〇回分居るのが日本の人口ということになる。その中心の一つが津田沼だから、そういう目で見ると存在感がある。

地味な土地である。などと書いたら、千葉県民、習志野市民、船橋市民、津田沼愛好者に袋叩きにあうかもしれないが、ほめ言葉である。三〇年近く前、当時の職場で出会った千葉の青年男子に、横浜出身青年であるわたしは嫌味を言われて戸惑った。彼は頭の中でつくりあげたトレンディ横浜の軽薄なイメージを虚像のわたしに投影して勝手にムキになるのだったが、実際のわたしは故郷の港ヨコハマに愛着をもちながら、むしろ広く世界を知りたい、他の都道府県を知りたい、いろいろ吸収したいという好奇心に燃えるばかりで、一ミリたりとも千葉をバカにしていないばかりか、プロ野球のロッテが神奈川県川崎から千葉へ本拠地を移すというので関心大だったのである。いまも球場がある海浜幕張は津田沼から遠くない。千葉は親しみ深い。

より効果的に言い換えるなら、津田沼はシブいまちである。インターネットのウィキペディアで検索すれば、長い歴史をもつ土地であることや、現代ショッピング街をめぐる激しい商業攻防なども記されているが、太平洋からの海風と陽光がゆったりとした開放感を抱かせる、親しみやすいまちと言えるだろう。若者ファッションや時代の流行という点で何かを主張する風土ではないようだが、そこに暮らす者にとっては適度な都会性と適度な土着性がミックスされた、自由な感じがあるのではないか。

その津田沼がこの小説集の舞台である。まちの日常に交錯するさまざまな物語。サクリファイスという「犠牲」を意味する英語の語尾をしゃれて省略し、一単語の造語を形成している『ツダヌマサクリファイ』。いけにえか陰惨なオカルト物語だろうかとハラハラしながらページをめくると、さらりとしたタッチで印象深く切り取られた二七の物語は、悩みながら模索しながら生きる人びとの身近なものだった。血祭りの昼下がりや新宗教の教義は出てこない。出てくるのは、初々しい高校生、中学生、小学生、悩める青年男女、少しくたびれた中年サラリーマンや主婦などである。ひとつひとつの物語には、縁というものの不思議さを感じさせる他者との関係性が展開され、もっと先を知りたいと感じたあたりで終わるニクイ演出だ。一から二七までの並びの段差もかなりあり、前の物語とは全く違う状況の物語が続いたりしているが、かえってそこに、まちの全体をつなげる良質なオムニバス映画を観ているような、〈詩的〉な飛躍を感じさせる。小説・物語でありながら、芯のところで〈詩の心〉を響かせているのだ。

ストーリーをざっと振り返ると次のようになる。

一　謹慎処分中の高校生男子、けんかに巻き込まれ負傷、どん底から出発
二　高校生女子、野球場でバイト、ホームラン捕球でヒロインに
三　幼なじみの中学生男女、塾の行き帰りを共にして、少女が告白
四　高校生女子が月面聖火リレーで高校生男子からバトン
五　高校生男女四名のバンド練習、感情のぶつけ合いと仲間のまなざし
六　高校生徒会、クラス対抗野球大会のハプニング、生徒会長女子の判断
七　小学生の姉と弟、おもちゃ購入をめぐる友達の横やりとその後の記憶
八　大学生と思われる男性の物語執筆原稿の格闘と恋
九　高校生男女三名の正月、パソコン購入の後の海辺の散策と空の色
一〇　裏社会の下っ端男性がかつがされるダークなからくり
一一　五〇前後の商売に苦しむ男性とバーのマスターの深夜の会話
一二　演劇部の高校生たちが文化祭オペラで苦労しながら奮闘

一三　小学五年生少年の転校と少女との出会い
一四　小学生剣道サークルの試合での少年少女の心のふれあい
一五　小学六年生少女の登山グループと高齢紳士の交流
一六　警備員に転職した三〇代男性が職場の年配者にもまれる
一七　一七、八歳のホームレス少女と大学生男子の出会い
一八　小学五年生ハーフ少女と帰国転入生少年とのサッカー交流
一九　四〇代の売れない小説家男性の喫茶店でのきっかけ
二〇　小学五年生少年の新たな音楽との出会い
二一　在宅イラストレーター主婦の、仕事と保育園をめぐる娘との交信
二二　左遷される中年男性の鳥写真趣味を通じての元上司との意外な交流
二三　蒸発した七〇代父への息子のわだかまりと母の手術、父の奮闘記
二四　高校一年女子三人グループの本音交流
二五　中学三年男子と、怪しい経歴ながら可愛がってくれる伯父との交流
二六　不登校少年をめぐる、担任男性教師と女性カウンセラーのやりとり

二七　大学時代から親しいオフィスレディ三名の本音紀行と今後の人生

これらの物語に共通しているものとしてわたしが感じたのは、生きる上での陰と陽の統合過程のありようと、人が他者との縁とふれあいによって得る希望のきっかけ、そして特に思春期・青春期に顕著な胸の鼓動への戸惑いと受容、などだ。

主人公たちの何気ない言動が、読み手にも思い当たる共通項を感じさせて、ひとコマずつ切り取られた情景は、屈折しながらも、閉ざされて凍っていくものに抗っているようだ。予定調和的にすすまない人生を反映して、主人公たちの物語もハッピーエンドにはなっていない。夢の予感に満ちたものもあれば、苦いままのものもある。「ねえ、そこからどうするの?」と思わず問いかけたくなる親しみをもって、あとはこちらの想像に任されている。

人の心が開いていく、模索と予感に満ちた物語。ふとしたことからつながるものが不思議な力を生み出す。再生する伸びやかな命が試行錯誤する過程での犠牲。新しく踏み出す儀式として、かなしみや傷と向き合う青春の胸の内、そして鏡の向こうに過ぎていく時間への惜別が淡く刻印されている。

こうして、まちの日常、まちの雑踏を分解してみるならば、エネルギーは、あらためて、そこに暮らすひとりひとりの人生の重なり合ったところから生じるのだと感じさせてくれる。

そして、本当の青春は、生まれた瞬間から死ぬ瞬間まで、人の心に続いていくのだろう。

きっと全国各地に「ツダヌマ」はある。

本書が二冊目の著書となる鈴木貴雄氏。その独特の小説世界に注目だ。

鈴木貴雄（すずき　たかお）略歴

1975年生まれ。千葉工業大学中退。千葉県在住。
本書は『黄金郷の河』（風詠社・2018年1月発行）に続く著作となる。
一般社団法人　日本アマチュア無線連盟会員。

コールサック小説文庫

『ツダヌマサクリファイ』

2018年3月20日初版発行
著　者　鈴木　貴雄
編　集　佐相　憲一
発行者　鈴木比佐雄

発行所　株式会社 コールサック社
〒173-0004　東京都板橋区板橋 2-63-4-209
電話 03-5944-3258　FAX 03-5944-3238
suzuki@coal-sack.com　http://www.coal-sack.com

郵便振替　00180-4-741802
印刷管理　（株）コールサック社　製作部

*カバー装画　旭園らま　　*装丁　奥川はるみ

落丁本・乱丁本はお取り替えいたします。
ISBN978-4-86435-334-2　C0093　￥900E

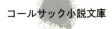